KB142407

나를 만지지 마라... 눈물 떨어진다

나를 만지지 마라... 눈물 떨어진다

글 · 그림 ㅣ 김문수
2011년 9월 1일 1판 1쇄 인쇄
2011년 9월 9일 1판 1쇄 발행

* 이 책을 만든 사람들
기획 ㅣ 김경아
마케팅 ㅣ 박훈

* 이 책을 함께 만든 사람들
디자인 ㅣ 김효정(Book Design Director)
종이 ㅣ 제이피씨 정동수 님
출력 ㅣ GAP 유재욱 님
인쇄 ㅣ (주)태성인쇄사 김태철 님

펴낸이 ㅣ 김경아
펴낸곳 ㅣ 행복한나무
출판등록 ㅣ 2007년 3월 7일. 제 2007-5호
주소 ㅣ 서울시 마포구 서교동 394-25 동양트레벨 1303호
전화 ㅣ 02-322-3856
팩스 ㅣ 02-322-3857
홈페이지 ㅣ www.ihappytree.com
문의(출판사 e-mail) ㅣ book@ihappytree.com
※ 이 책을 읽다가 궁금한 점이 있을 때는 출판사 e-mail을 이용해 주세요.

ⓒ 김문수, 2011
ISBN 978-89-93460-21-6
행복한나무 도서번호 035

나를 만지지 마라…
눈물 떨어진다

글·그림 김문수

01 그저... 그리움

01

그저... 그리움

그저... 그리움

그대,
그리운 사람 하나쯤 가슴에 품고 사는가?

길을 가다
지나가는 차의 음악에 고개가 젖혀질 때,
어느 향에 기대어 눈을 감을 때,
누군가의 뒷모습에 놀라 발걸음을 멈출 때,
너는 그리움을 안다.

그대,
술잔에 쌓인 시절을 바라보고
울어보았는가?
그래, 울어라.
술에는
너의 등을 토닥이는
시절이 남아 있다.

그대,
그리운 사람은 만나지 마라.
그저
너의 목숨으로 남아 숨쉬는
그리움으로 묻어라.

나의 하루는 당신의 것입니다 1

가끔,
내 곁에 있는 사람.
그저,
미안함에 ...

잊으려 한 것은 아니다.
새로운 사람이 너를 덮은 것도 아니다.
밥을 먹을 때 앞 사람의 국에 숟가락이 먼저 가는 것에도,
걸어가는 걸음 순간순간 왼쪽을 바라보는 것에도,
커피를 마실 때 프림과 설탕을 듬뿍 넣는 것에도,
잠을 잘 때 왼쪽으로 기울어 자는 것에도,
웃음에 반쯤 비어놓은 볼에도,
비오는 날 우산을 들고 오른쪽으로 비켜서서 걷는 것에도,
왼쪽 다리를 운전석에 올려놓고 운전하는 것에도,
너는 나의 버릇으로 남아 있다.

잊으려 한 것은 아니다.

잊은 것도 아니다.
아침이면 너의 이름을 찾아 메일을 뒤적일 때도,
메신저에 들어오는 한 명 한 명을 확인할 때도,
점심시간이 되어 같이 식사할 사람을 찾을 때도,
발신자 표시 없는 전화가 걸려왔을 때도,
백화점 화장품 코너를 지날 때 네가 지녔던 화장품을
보고 서 있을 때도,
차안에서 듣는 네가 만들어준 음악CD에 귀 기울일 때도,
늦은밤 소주잔을 들고 너의 귓속말을 들을 때도,
너는 내 하루 곳곳에 남아 있다.

잊으려 한 것은 아니다.
시절이 지나도 너는 늙지도 않는다.
앞차의 남자 옆에 앉아 있는 단발머리 여자 뒷모습을
보는 순간에도,
사람과 마주하고 서서 나의 눈이 다른 곳을 향하고 있는
순간에도,

웃고 있는 틈틈이 너의 생각에 웃음을 추스리는 순간에도,
네가 이야기해주던 TV드라마에 채널을 멈추는 순간에도,
첫사랑과 닮았다며 좋아하던 연예인의 포스터를 보는
순간에도,
담배를 들었다가 너의 잔소리에 놀라 내려놓는 순간에도,
컴퓨터 바탕화면에서 커피잔을 입에 물고 웃고 있는
너를 보는 순간에도,
너는 나의 호흡으로 남아 있다.

너를 대신할 하루는 없다.
핏줄기 가지가지마다
너의 이름이 흐르는 저녁.
옅은 어둠이 축축한
전철역 근처에서 휴대폰을 꺼내어 2번을 누른다.

오늘도 나는
담배불을 붙여 옆의 여자에게 건넨다.

나의 그리움을 막아서지 마라

하루를 열고
하루를 닫아주던 사람이 이제는 없다.

사람을 만나 인사를 하는 것도 그대로이고
출근하여 제일 먼저 커피를 끓이는 것도 그대로인것처럼
일상은 그대로인데
무엇 하나 마음이 가지 않고
더디게 흘러가는 시간에 갇혀 머뭇거리다가
긴 한숨에 자리에서 일어나고,
이 세상 누구를 붙잡고 하소연할 곳 없는 사연에
나 혼자 썩어간다.

이제는,
정박할 항구를 찾아
육지를 떠도는 배처럼
세상에서 내가 설 곳이 없다는 것에
피곤만 밀려오고

사람이,
남기고 간 자리에서
가지도 떠나지도 못한다.
사랑하는 사람이 생기면
사람들 안에 있어도
외롭고
그 사람이 떠나면
폐허로 변한 마음은
정리되지 않은 서랍속처럼
너를 향한 기억들로 가득하다.

가끔은,
누군지 내 사무실 앞을 왔다갔음직한
흔적에
가슴 설레고 흔들리고,
다음날도
다음날도
그 흔적을 지우지 않고,
기다린다.
기다린다.

다른 표시가 새로이 덮을 때까지.

그리움은
참을 수 없는 간지러움으로
하루종일 내 몸 구석구석에서 서성인다.

뭐라 하여도 좋다.
뭐라 욕하여도 좋다.
너를 향한
나의 그리움을 막아서지 마라.

사랑은 무거워도 좋다

"그리움은 너를 향한 또 하나의 사랑의 시작이다."

1.
사랑은 무거워도 좋다.
세상의 질투를 모두 합쳐도 한사람을 향한 사랑만큼은
무겁지 못하다.
그 끝에 아쉬움이 있고
그 끝에 그리움이 있고
그 끝에 후회라는 단어를 날려도
지금은 미쳐 있고 싶다.

화창한 봄날 이별의 날벼락을 맞아도
내가 웃을 수 있는 것은 그리움이라는
사랑이 남아 있기 때문이다.
그리움은 사랑의 끝이 아니라
너에 대한 또 하나의 사랑의 시작이다.
비록 얼굴은 보지 못하고 목소리를 듣지는 못해도
나의 한숨이 세상의 무게를 더하고

나의 눈물이 삶의 무게를 더할지라도
너에게로 가는 길을 막을 수는 없다.
지금은 미쳐 있고 싶다.

2.
죽음의 계곡 속에서도
지옥같은 세상의 삶 속에도

너를 향한 나의 마음은 움직이지 않으니
세상은 하늘은 나를 어쩌지 못한다.

찬란한 희망의 앞날이 보일지라도
오늘은 너에게로 향한다.
이것이 비록
세상에서 멀어지는 사소한 결심일지라도
너를 제외한 이 세상 65억명이

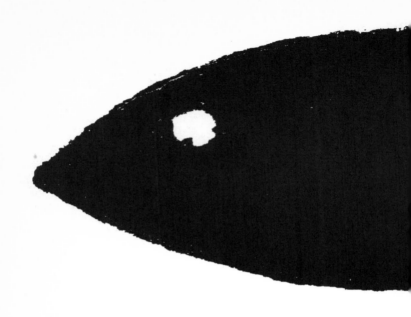

아무런 의미도 없으니
나는 미쳐 있고 싶다.

3.
이제 우리는 세상과 천사들의 질투 속에서
사랑하여야 한다.
사람을 향한 마음이 가혹하여
그 무게에 숨도 못쉬고
아프고

가슴이 터져도
사랑의 무게를 더하여도 좋다.
세상을 살아갈 날짜는 많이 남아 있어도
우리가 사랑할 시간은 그리 많지 않다.
지금은 너에게 너는 나에게 충실하여야 한다.

훗날 지금의 이야기가 허망한 시절의
기억으로 남을지라도
가슴을 치는 후회가 될지라도

우리는 지금 충분히 사랑하여야 한다.
그리고 우리가 늙어 우리들의 자손들에게
전설 같은 사랑이야기를 들려주어야 한다.

4.
그리움의 무게는
사랑의 무게를 이기지 못한다.
그리움까지도 껴안고
영고(榮枯)의 세월을 견뎌야 하는
사랑은 무거워도 좋다.

나의 하루는 당신의 것입니다 2

"사랑을 지탱하는 것은 설레임,
그 설레임을 지탱하는 것은 기다림,
그 기다림을 지탱하는 것은 그리움이다."

나의 일상은 너의 하루이니

너를 생각하다 빈틈을 찾아 일을 하는 것에도,

너와 같은 전화벨 소리에 깜짝 놀라 그 사람을 찾는

것에도,

너와 닮지는 않았지만 비슷한 머리를 한 사람에게서

너를 찾는것에도,

네가 타고 다니던 차와 같은 색깔을 한 차를 보았을 때

번호판을 확인하는 것에도,

하루를 열어주던 아침 인사 시간이 되어

핸드폰을 만지작거리며 초조하게 기다리는 것에도,

통장의 비밀번호가 아직도 너의 전화번호 뒷자리인

것에도,

스치는 사람에게서 너와 같은 비누향 냄새를 따라 뒤를

돌아보는 것에도,

너는
빈틈도 없이 하루를 지배한다.

그리움에 비하여
이 세상 마지막 인사로는
너무 초라하였던 무덤덤한 이별.
내일이면 다시 만날 것 같았기에
예전에도 그러다 다시 만났기에
그러면서 우리는 살아갈 거라 생각하였었는데...

너는 술을 마시지도 못하면서 술집에는 자주 갔다.
너는 쇼핑을 좋아하지도 않으면서 먼길 돌아 백화점에
자주갔다.
너는 아메리카노를 좋아하지만 내 앞에서는 늘 카푸치
노를 시켰다.
너는 향수를 좋아하면서도 나에게는 늘 후리지아 비누
향만 풍겼다.
차 안 에어컨을 싫어하는 나 때문에 창을 내려도 시원하
다 말하는 너다.
그런 사람이었기에,

이별과 새로운 만남을 가볍게 생각하는 그 흔한 사람이
되지 않도록
조심하고 신뢰하였다.
하여,
우리는 헤어질 이유가 없다 생각하였는데...

관심이 없었다는 것은 너의 오해다.
정말,
나의 관심이 너를 부담케하여 떠나 갈까봐.
그 걱정에 잠시 모르는체 했을 뿐이다.
찾지도 않았다는 것도 너의 오해다.
정말,
찾아다니는 나의 모습이 초라하게 보일까봐
그 염려에 잠시 돌아서 있었을 뿐이다.

뜸한 소식에 내가 먼저 전화를 걸고 인사를 했어야 했
는데,
그랬어야 했는데.
너의 휴대폰을 오가는 사람들을 묻지 말았어야했는데,
그랬어야 했는데.

전화가 안된다고 수십 통의 문자를 보내지 말았어야 했
는데,
그랬어야 했는데.
네가 직장을 옮긴다는 말에 이사를 간다는 것도 알았어
야 했는데,
그랬어야 했는데.
우리는 그렇게 하였어야 했는데,
익숙치 못한 사랑에 서툴고 치사하였던
소심한 사랑에 미안하다.

초침 사이에서 그네를 타고 있는 사람을
이제,
피해갈 지혜는 없다.
그리움과의 싸움에 있어서
너는 항상 이긴다.
인내심도 끈기도 없는 사람이 헛된 짓을 하고 말았다.

사랑에 진지하지 못한 죄,
그리움이다.

사랑할 수 있는 시간을 허비한 죄,
그리움이다.

맥도날드 앞

사랑한다는 말을 하지 않는 것은
사랑한다고 말하면 더이상 들려줄 말이 없었기 때문이다.

맥도날드 앞
행복한 웃음 지은 사람들이 들어가고 나오고
저마다의 사연이 있을지라도 지금은 묻혀있는 슬픔.
묵묵히 길을 걸어가는 사람들 사이
그 자리,
여름 햇살 묻어나는
너 오는 길목에서
운명을 기다린다.
밥먹고 커피 마시고 술도 마셨지만
우리가 나눈 이야기에서 빠져있는 하나.

오늘은
사랑한다 말한다. 사랑한다 말한다. 사랑한다 말한다.

맥도날드 앞
사랑의 최전선, 우리는 격렬하여야 한다.

너는 내 마지막 순수의 증거이니
사랑할 수 있을 때 사랑함에 주저하지 말아야 한다.

바다를 삼킨 밴댕이

밴댕이 속에는 바다가 있다.
속좁은 세상을 만나면 그 답답함에 금방 죽어버리는
바다를 떠나서는 살 수 없는
그런 운명의 밴댕이처럼
그런 사람을 만나야 한다.

자판기에서 뽑아쓰는 그런 사랑이 아닌
세상의 질투와 의심 속에서도 서로를 의지해 나가는
우리는 그런 사랑이어야 한다.

밴댕이 속, 좁다고 놀리지 마라.
밴댕이는 바다와 같은 사랑을 한다.
세상의 시류에 흔들리는 영악한 선택이 아닌
바다를 가슴에 품은 사랑의 크기,
우리는 바다를 삼킬만큼의 사랑을 하여야 한다.

우리에게 슬픔을 예견하는 절박함이 없었던가
바다 위의 세상을 동경하지 않는 밴댕이처럼
지금은 우리들의 사랑에 절실함으로 메달려야 한다.

우리는,
바다를 떠나서는
잠시도 살 수 없는 그런 밴댕이처럼
한사람을 떠나서는 잠시도 살 수 없는 그런 사랑이어야
한다.

이별공식

예언을 한 것은 아니지만
우리는 처음 만날 때부터 헤어질 준비를 하고 있었다.
그래야되는 운명처럼.

너는 항상 내 머릿속에 있었지만
내가 너를 좋아하는 이유를 몰랐다.
습관처럼 문자를 보내고 만나고
이야기하다가
이제는 없으면 안될 사람처럼 느꼈던 것이다.
항상 내 옆에 있어야 할 사람처럼.

그렇지만,
이제 우리는 이별을 한다.
이별의 이유도 모르지만
우리는 그렇게 결심을 하였다.
매일 결심만 하고 하루를 못넘겨 너를 찾았지만
이제 다시는 만나서는 안될 사이가 되는 것이다.

우연일지라도,
너의 익숙한 이별 공식처럼
휴대폰에서 너를 지우고
머릿속에 남겨져 있을 번호도 지운다.
이별을 따라다니는 그리움의 그늘이 아무리 길지라도
나는 지금 너를 지우려 한다.

어느 날,
너를 잊기 위한 변명거리를 찾아 비겁하게 술을 마시고
울부짖어도 생각나지 않는 사람으로 기억되기를 바란다.
그리고,
이별의 핑계를 담은 문자도 보내지 마라.

우리는 처음 만날 때부터 헤어질 준비를 하고 있었다.

핸드폰

차곡히 쌓여있는 사람 중에서
내 이야기를 들려줄 사람은 없는데.

종교의식과 같은 자세로
한 사람의 소식을 기다리다
핸드폰의 작은 진동에도
폴더를 열었다 닫았다.
차 안의 음악 소리도 줄이고
길가의 소음이 들릴까봐 창문도 닫아놓고
너를 향해 열려 있는 마지막 길목에서
기다린다.

소식이 들고 나가는
핸드폰 속의 사연이야 어떻든,
지금은 단 하나의 소식만 의미 있는
울림이다.
기다림을 밀어내는 조급한 숫자들의 나열.

나를 감시하는 귀찮았던 기계가
이제 마지막 희망인양
손에 쥐고 핸들에 기대어 도로를 질주한다.
그대,
소식이 올 때까지.

핸드폰 속에 그 사람이 있다.
나의 생각을 당신에게서 멈추게 만든 사람
그대,
핸드폰 속에 저장된 수많은 사람들이
너 하나의 위로만큼도 못되는
아직도 끝나지 않은...
사람,
그리고 기다림.

그래도 괜찮아,
내가 이 세상에서 가장 잘할 수 있는 것은

그대를,
기다리는거다.

메신저에서 너를 기다린다

사람이 없어도
사랑을 하며 살아 갈 수 있는
혹시나 하는 마음에,
메신저에 너의 이름을 걸어놓고 기다린다.

그 때나 지금이나 여전히
너만이 따로 떨어져 이름표를 달고,
색이 바랜채 오프라인으로 표시되어 있는
너의 아이콘은 말할 듯 말듯 웃고 있는데.

가끔씩, 나 모르는 이들이 와서 안부를 묻고는
총총히 사라지는 한나절.
틈틈이 오가는 이들의 알림 종소리에 익숙도 할만한데
아직도 설레임에 누구인지를 기웃거린다.

오지도 않는 사람 지우자 몇 번이고 그랬지만
너의 이름 하나 지우는 것이 그리 쉬운 일인가.

마우스 오른쪽 버튼만 눌렀다떼었다
그러다 실수하여 지울까 조심히 손가락을 놓는다.

이제 이곳이 너에게로 가는 가장 짧은 길이 된 것을.
타자가 느린 나는 너에게 하여야 할 이야기들을 잔뜩
쌓아 놓고 있는데
아직 한줄도 올리지 못했다.
나의 깊은 사과야 만나서 전할 것이지만
인사라도 할 수 있는 찰나를 얻기를.

수많은 사람들이 기록되고 지워지는 메신저에서
오늘도 나는
설레이는 마음으로 로그인하며
나의 기다림이 시작되었음을 알린다.

로그인 할 때마다 혹시 네가 있을지도 모른다는 설레임.
나 자리 비운 사이 쪽지라도 왔을까 화장실도 먼길이다.

사람아,

가끔은 살아 있음을 표시하는 메세지라도 남겨주기를,

그럼 나 잠드는 데 불편없을 텐데.

길을 걷다가 문득

나는 저 하늘을 울릴 수는 없지만
너의 이름만 있으면 저 하늘도 눈물 바다로 만들 수 있다.

그렇게,
되어버린 너와 나.
컴퓨터가 있고 연필이며 커피잔이 그대로인
책상 앞에 앉아 무언가를 하려 하여도
머리가 따르지 않고,
그렇게
생각만 하다가
자리에서 일어나 밖으로 나간다.

길을 걸으며
바람에 날리려 하여도
날리는 것은
세상의 깃발 뿐.

너는
나를 둘러싸고
가슴을 친다.

가슴은 항상 눈물 주머니를 차고 있다가
가슴을 두드리는 사연이 있으면
그때서야 열린다.
오가는 사람들의 눈길에
고개를 숙이고 걸어도
너는 내 슬픔의 눈물단지이니
깃발처럼 날리는 눈물.

사랑.
그 잔인함과 고마움.
네가 아니었으면 그저 그런 삶을 살다가 사라졌을 사람
이었거늘
나의 하루에서 너를 빼면 그저 늙어만가는 사람일 뿐이
었을 사람이거늘
너로 인해 나는 나라는 이름을 얻었고,
너로 인해 분노로 뒤척이며 잠 못들었던 수많은 나날들.

길을 걷다가 문득,
살면서 너를 만나지 말았어야 한다는
후회도 들었지만
그도,
깃발에 날아가고
그칠 줄 모르는 운명의 얼굴에
나를 묻는다.

참,
시려운 사람.

그 사람이 걸어오고 있다

저기에 그 사람이 걸어오고 있다.

커텐처럼 얼굴을 가렸다 보여줬다하는 검은 단발머리는
작은 바람에 귓볼을 스치고
후리지아 비누향이 허공에 흘러퍼지며 나에게로 오고
있다.

바다위에 떠있는 섬처럼 검은 눈썹을 품은 이마는
별 소용도 없이 무덤덤하게 세상을 응시하고

커다란 종이 위에 붓으로 갈겨놓은 듯한 눈썹, 그리고
눈썹과 눈썹 사이로
몇가닥 흩어져 내려온 머리카락은 걸음을 옮길 때마다
폴폴 날리며 나에게로 오고 있다.

오목하게 초승달처럼 파인 눈두덩은 이국적 향수를
불러내어

그 사람을 기억하게 하는 상표처럼 자리한다.

그 아래 얇은 쌍꺼풀은 눈을 깜빡일 때마다 보일듯 말듯
자신을 숨기고
수많은 사연과 시절을 담은 눈은 나를 보는 듯 다른 곳을
보는 듯,
슈렉의 장화신은 고양이의 눈을 닮아
금방이라도 뚝 떨어질 것 같은 눈물에 잠긴 눈동자는 긴
속눈썹을 깜빡일 때마다 출렁인다.

무념히 스쳐 지나가는 자동차.
폐 종이를 잔뜩 실은 손수레를 힘겹게 끌고가는 할머니.
조잘대는 아이의 손을 잡은 엄마는 빠른 걸음을 재촉하며
그 사람 곁을 지나간다.

세월을 비껴가지 못한 눈가의 잔주름은 노을을 닮아
붉은 빛이 베어있는 볼살 위에서

실개천처럼 세월을 실어나르고,

시작은 야트막하나 내려올수록 높고 뾰족한 코는

이 사람이 예쁘다는 것을 증명하는 표시로 중심에 서

있다.

그끝을 따라 내려오다보면 심심한 얼굴을 달래는 미끄

럼틀.

항상 젖어있었던 입술,

무언가를 말할 것 같이 실룩이는 입술은

평화와 같은 미소를 그리며 점점 나에게 다가온다.

넓은 듯 좁고 좁은 듯
넓은 턱은 길고 도도한 목을 가리키며
자신이 귀족이기를 바라는 열망의 몸짓.

저기에 그 사람이 걸어오고 있다.
그리고,
그 사람 눈 속에는
눈 속에는
내가 있다.

그런 남자

돌아서야 할 때
한마디 변명없이 돌아서서
이빨을 꽉 물고
걸어가는 그런 사람.

사랑 앞에서 복종하고
이별 앞에서 단정하다가
돌아서면 지난 것 가슴속 무덤에 묻어두는
그런 사람.

현선. 현선. 현선. 현선.

잊어야할 때
두눈 질끈 감고 잊을 수 있는
그런 사람.

보고 싶은 날에는 라면을 끓이고

오늘 마신 술만큼만 기억하고
그리워할 수 있는 그런 사람.

그렇게

만나서 열번,
헤어져서 한번,
그렇게 울었다.

만나서는 가끔,
헤어져서는 매일,
그렇게 보고싶다.

만나서는 눈에,
헤어져서는 가슴에,
그렇게 남는다.

만나서는 만나고,
만나서는 만나고,
만나서는 다시 만나고,
헤어져서는 다시 헤어지지 않는다.

이제 슬픔의 증거로 남아있는 이름.

별없는 밤,

술잔 주위를 어슬렁 거리며 나에게로 왔다.

그리움

보내지 말 것을 그랬습니다.

붙잡고 사정이라도 할 것을 그랬습니다.

용감한척 씩씩한척

떠나야할 때라고 가더라도 모르는척 하였습니다.

마지막 전철은 떠나고

내일은 새로운 사람을 만나리라 기대하였는데

당신은 떠나지도 않고 매일 그 자리에 있습니다.

그렇게 5년.

시절은 그리도 멀리 떠났건만

변하지도 않는 당신은

지치지도 않는지

길을 걸을 때도 차를 운전할 때도

언제나 옆에서 천천히 하라며 잔소리를 합니다.

그런 소리 퍽이나 싫어했는데,

화도 냈는데,

이제는 그 조차 목마름에 하루를 버리는 용기를 보입니다.

보내지 말 것을 그랬습니다.

그리움도 사랑이라면
나는 당신을 오래토록 사랑하고 있습니다.

그리움만으로 살 수는 없다

그리움만으로 살 수는 없다.

그리움도 지친다.
나의 심장을 진동시키던
너의 이름도
이제
담배 연기 속에서
가끔씩 나타났다가 사라지는
그런 사람으로 남아 있다.
더 이상 담배 한개피 이상
나를 지배할 수는 없다.

그런 저녁.

너는 슬픔의 힘이니
지나간 자리마다 온통 폐허다.

눈물 앞에 서 있는 남자는 다 그렇습니다

너의 눈물에서 그 사람의 그리움을 보았습니다.
너의 그리움까지도 사랑하여야 한다는 것도 알았습니다.

자존심이 없는 것은 아니지만
너를 힘들게 하는 그 사람보다
내 사랑의 넓이가 더 넓다는 것을 보여주고 싶었습니다.

그래서
웃음도 크게 웃었습니다.
나의 손을 붙잡고 용서를 바라는
너에게 세상에서 가장 커다란 행복을 약속하였습니다.

조금은 억울하였지만
눈물 앞에 서 있는 남자는 다 그렇습니다.
그 순간 사랑한다 말은 못해도
너의 눈물이 무서워서도 아니고
그 사람과 사랑의 크기를 견주고 싶은 겁니다.

훗날,

네가

그 사람 못잊어 떠난다는 인사를 건네는 순간에도 묻지

않았습니다.

그 사람의 이름을.

눈물 앞에 서 있는 남자는 다 그렇습니다.

사랑한다 말할 걸 그랬습니다

사랑한다 말할 걸 그랬습니다.

하여,
그 사람 가는 길 걸림돌이라도 될 걸 그랬습니다.

사랑하는 것보다
포기하는 것에 익숙하였기에,
좋아하는 남자 중 나는 세 번째라 하였기에,
그 사람도 포기하여야 하는 줄 알았습니다.

그때
네가 일어설 때
아니,
전철문이 닫히기 전이라도
사랑한다 말할 걸 그랬습니다.

그깟 사람쯤 술 한잔에 씻겨 없어질 수 있다고

생각한 마음이 무모함인줄 알았다면
사랑한다 말할 걸 그랬습니다.

무관심도,
거짓도,
미움도,
용서되는 저녁.
내 앞의 술잔은 넋을 놓고 출렁이기만 하는데.

그 사람 가는 뒷모습에도
담담하였던 나는
그리
인내심도 끈기도 없는데
헛된 짓을 하고 말았나 봅니다.

그러나...

정말,
정말로
사랑하는 사람 앞에서는
사랑한다 말은 선뜻 못합니다.

살아가다 가끔은

사람들 사이에 있어도
사람이 그리울 때가 있다.

살아가다
가끔은
문득
누군가를 찾아갈 곳이 없음을 알았을 때,
그러면서 전화주소록을 뒤질 때,

살아가다
가끔은
문득
점심을 같이할 사람이 없음을 알았을 때,
그러면서 무작정 기다리고 있을 때,

살아가다
가끔은

문득
아플 때 약하나 사다줄 사람이 없음을 알았을 때,
그러면서 혼자서 약국으로 걸어가고 있을 때,

살아가다
가끔은
문득
더 이상 너의 전화를 기다리지 않아도 되었을 때,
그러면서 더 이상 전화를 걸어오지 않을거라는 것을
알았을 때,

살아가다
가끔은
문득
술에 취하여 비틀거릴 때 내 등을 두드려줄 사람이 없다
는 것을 알았을 때,
정말

정말
사람을 찾는다.

살아가다
가끔은
문득
사람들 사이에 있어도 외로울 때는
'당신의 신용등급이 어떠하여 돈을 빌려드린다'는
문자도 반가워서
지우지를 못한다.

용서하라, 나의 사랑이 작았음을

하루살이만큼의 그리움으로 살고 싶다.
그리움의 크기만큼 사랑하였더라면
그리워하지 않을 것인데.
사랑은 홀로 다니지 않는다.
시계추에 돌을 얹은 기다림과
지옥의 하루같은 그리움을 업고 다닌다.

씩씩하였던 이별의 인사와는 달리
초라한 그리움에
나는 썩어간다.

새빨간 거짓말 같아도
나는 목숨을 다하여 사랑하였다.

그러고도 부족한 것이 사랑인가보다.
지나면 부족하였음에
죽을 때까지 후회하는 것을

나의 자만이 사람을 보냈구나.

그립다.

용서하라.

나의 사랑이 작았음을.

정말로 사랑하는 사람 앞에서는

정말로 사랑하는 사람 앞에서는
이별의 순간에도 가슴 두근거림에 한마디 못합니다.

그 사람 앞에서 나는 서툴기만 합니다.
말하는 것도 서툴고
밥먹는 것도 서툴고
웃는 것도 서툴고
행동하는 것도 이상하기만 합니다.
아마도 그 사람은 나를 바보로 알았을 겁니다.

바보같은 행동만 하다가
뒤돌아서서 동동거리기만 하였거늘
그래서,
다시는 그런 바보같은 짓은 하지 않을거라 다짐하였는데
정말로 사랑하는 사람 앞에서는 두근거림을 억누를 수
가 없습니다.

꼭 그런 것은 아니지만
그래서 떠났는지도 모릅니다.

촌스러운 사람과 같이다니는 것이 창피해서.
그것이
헤어짐의 구실이 되었다면
심장에 새겨질 상처가 되었다면
다음에는 잊지 말아야지 하지만

다시
사랑하는 사람 앞에 서면
두근거림을 억누를 수 없습니다.

그 남자의 눈물

세상은 나의 슬픔을
동정하지 않는다.
세상의 변두리에서 세상을 쫓아가면서 어제와 같은
오늘이 반복되는데,

가끔은
가던 길 가면서도 서러운 것은,
같은 음식 먹으면서도 삼키지 못하는 것은,
커피에 넣은 설탕의 스푼 수를 몰라 멈추어 있는 것은,
책 한 권 다읽고도 무엇을 읽었는지 모르는 것은,
노래방에서 부르는 노래 멈추고 어깨 들썩이는 것은,
똑같은 노래를 하루종일 들으면서도 아쉬움이 남는 것은,
퇴근 길에 어데로 가야하는지를 몰라 회사 주위를 뱅뱅
돌고 있는 것은,
휴대폰 전화번호를 정리하다가 지워야하는 하나를 건너
가는 것은,
빨간 불로 바뀌도록 파란 신호등을 바라보고 있는 것은,

텔레비전을 보면서도 멍하니 있는 것은,

사람들 말이 귀에서 머뭇거리는 것은,

슬플 것도 없는 이름 석자 앞에 놓고 밤새 술을 마시는

것은,

그 남자

눈에 고인물 아직 퍼내지 않은 때문.

내가 잘 아는 그 사람

당신을 사랑하는 사람이 있다면
기다리세요, 조금만.

자신의 전부를 보여주지 못하여
그 사이
당신이 떠날까봐
그 걱정에
잠도 못드는 그 사람을 기다리세요.

내가 잘 아는 그 사람,
왜소한 어깨에 유머도 멋도 없이 성깔만 까다로운
거기에
평범하다 못해 지리하게 생긴 얼굴이지만
당신 사랑하는 것 하나에 열중하여
매일 똑같은 아침 햇살에도 감탄하고,
슬픈 드라마에 눈물 흘리고,
벌레 하나 감히 죽이지를 못합니다.

모르시겠지만
당신의 작은 것 하나에도 흔들리는
그 사람
오늘도 한숨 내리쉬며 술을 마시고 있습니다.
다음에는 다른 모습을 보여주겠다고 다짐하고 히죽이
웃으며
만나서 무슨 말을 하여야 하는지 묻고 연습하는
그 사람
당신의 이야기를 하면서도 당신을 그리워하는 사람입
니다.

당신은 그 사람 전부를 알고 있다하지만,
그 사람이 당신에게 지금껏
보여준 것은 백분의 일도 안됩니다.
사랑함에 진지하여
그 사랑을 표현함에 조금 느릴 뿐
세포 하나하나를 태워서 당신에게 질주하고 있습니다.

당신을 위해 감사의 기도를 하고 있는 그 사람,
마음의 문을 닫고 당신의 전화번호를 지우는

그래서
당신을 그리워하지 않는 그날까지
그 사람을 기다리세요.

내가 잘아는 그 사람.
그 사람에 대한 당신의 마음은 백분의 일도 못됩니다.

소금물

Ⅰ.
뇌에 차곡히 쌓여가는 시대의 관습이
부패의 온도를 얻는다.
해골속 따스한 빈터로 날개를 가진 생물들이 날아오고
생명의 알과 꿈틀거리는 몸뚱이로 썩은 물이 고이고
뇌는 억울한 침전으로 빈혈이다.

차갑도록 시절을 도려내는 고통보다
훨씬 맑게 느껴질 무감각한 혼동에
소주목을 쥐고 생명처럼 숨쉬는 물을 목에 붓는다.
소주길을 따라 체온보다 높은 온도를 느끼며
뱀의 뜨거운 심장을 그려보았다.

탈수된 감정에 썩은 뇌조각들이 골골이 엉켜
눈으로 쏟아내는 고름이 덩어리덩어리 떨어져
발등을 진덕이며 흐르고 그 아래 내 이름 석자가 눅눅히
젖어간다.

II.

혈관을 타고 흐르는 폐수같은 전설이

모세혈관 끝끝이 간지럽게 꿈틀거리는 저녁

노란버스를 탔다.

사람들이 떠다니는 섬에서 표류하다 지쳐 사라져간

이름들을 세어보다 차창에 기대어 눈을 감았다.

바람이 밀려왔다 밀려가며 점점이 부서진 피안의

참회를 날린다.

노을은 하늘의 절규로 밤을 여는 문이 되어 눈꺼풀 속만

큼이나 짙어온다.

그리고

세상 모퉁이 끝에서 마지막 숨을 고르고 있는 고양이를

안고 있는

처녀를 만났다.

전설이었을 우리네. 그 어둠의 주점. 주인없는 술잔.

밖으로 열린 창문. 죽음의 깊이에서나 바라볼 수 있는

등불.

그 속에 숨은...

내가 잠든 사이.

그렇게 어둠에 씻기운 바람. 영혼의 새벽.

검푸름을 걷어내며 걸어오는 처녀의 치맛자락 소리.

그 누구의 입맞춤에도 당당히 거부하였던 꼭다문 입술
사이로 해가 비집고 얼굴을 든다.

저기 꽃잎을 휘둘고 몰려다니는 바람끝을 잡고 쥐색 코
트를 입은 사내가 가고 있다.

이 초라한 새벽의 승리자로.

아! 나는 처녀의 치맛자락 사이에서 울어야 했다.

나는 죽는다. 한숨에 갈린 세상을 지나 고향으로.

Ⅲ.

폐를 잘게 난도질하는 유리조각 같은 담배연기에

나보다 먼저 질식하여 죽어갈 회들의 비명 없는 비명에

명함같은 묘비를 써주고 삶을 펌프질하는 심장속을

유영(遊泳)하는

회들의 찬란한 반란을 기다린다.

물소리. 더운 입김. 허리에 휘감긴 탯줄. 더러운 처녀의
목욕하는 소리.

고향으로...

정오의 태양이 오르기 전에 우린 버스를 탄다.

노란버스를.

그 처음의 그 날처럼.

지린오줌냄새. 표지판. 회색 콘크리트 정류장

나와 처녀 그리고 고양이.

그 여름날의 햇살을 숨어.

그 사람이 오는 줄도 몰랐고 떠나가는 줄도 몰랐다.
여름 한낮 햇살처럼 비추었다가
어두운 밤 고양이처럼 사라져 버린 것이다.
나는 한 여름의 꿈이라 생각하고 있다.
지금도.

그리움이 내 잔에 넘치면 잔을 반쯤 덜어내고 다시 그리움으로 채우고 그러다 다시 그리움이 넘치면 잔을 반쯤 덜어내고 눈물로 잔을 채운다. 그래도 넘치는 잔은 포기하지도 못할 사람의 이름으로 덜어낸다.

슬픔은 그리 빨리 밀려오지 않는다.

너의 이름은 아직도
가슴속 작은 연못에서 끊임없이 흘러나오는 눈물.

사랑하는 것만으로는 부족하다.
사랑받고 싶다.
너의 목숨으로 살아서 흔들리는 네 모습을 보고 싶다.
나도
그 누군가의
그리움으로 살고 싶다.

그리움을 묻었다고
잊혀진 것은 아니다.
그리움의 무덤은 명찰을 달고
가슴에서 잠을 잔다.

사람이 없어도
사랑을 하며 살아 갈 수 있다.
잠자는 너를 깨워서 이야기도 하고 여행도 떠난다.
너는 내 가슴 안에서
언제고 사랑으로 존재한다.

힘들지?

너의 목숨을 위태롭게 하는 사람 때문에.

하지만 이 사람이 네 인생의 마지막이라 생각하면 웃긴 사실이 있어. 이 사람을 만나기 전까지 만난 사람들을 세어봐.

그것봐. 겨우 열 명도 안되는 사람 중에 한 명인데 그 때문에 목숨을 위태롭게 하는 것은 웃긴 일이야.

아직 네가 만날 수 있는 사람은 30억 이상이 남아 있어.

그 사람을 그리워하는 것으로 너는 최대한의 예의를 갖춘 것이야.

나의 삶에서 너의 이름을 덜어내면 나는 먼지로 남는다.

사랑하라. 사랑하라. 그저, 사랑하라.
땅을 치는 후회보다는
가슴 찢어지는 고통이 너다운 모습이다.

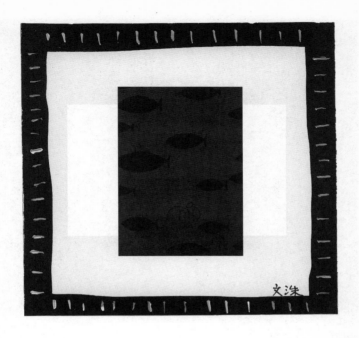

빨랫줄처럼 길게 보고픈 사람이 있습니다.

02
해바라기

나비

해바라기 썩은 이파리 아래
햇살을 피해 숨어든
늙은 나비가 피곤한 날개를 접고 졸고 있다.

쏟아지는 햇살
움찔거리는 몸뚱이
이파리 사이사이 비집고 들어오는 햇살을 피하여
이파리
아래로 아래로

나려도
접혀진 꿈이 많아
바람 잃은 날개에
얹히는 삶의 무게.
이파리
아래
고개를 끄덕이다

예전의 영광스러움을 기억하는지
깜짝이며
고개를 갸웃거린다.
여름,
한낮,
해바라기 목 잡고
진저리 부서지는
나비의 비명.

오늘도 한 걸음씩 너에게로 다가가고 있다

1.
기억한다는 것은
아직 사랑이 멈추지 않은 까닭이다.

지금은 잊혀지고
잊혀지는 사람이 되어
어느 하늘 아래 있어도
기억하는 한은 사랑하여야 한다.
부정의 나날이
오히려
이기지 못할 기억으로 다가설 때
그것은 예견된 절망일 뿐.

잊고 기억하는 나머지
그 조금의 기억이라도
잡고 흔들어보는

제각기 남고 떠난 자들은
언제나 해바라기일 수밖에 없어.

2.
나의 창에
가을 하늘을 걸고
가을 같은 편지를 쓴다.
촘촘히 씻어 낸 낱말을 놓고
해바라기만한
희망의 사연을 담아
어느 하늘 아래 있을 사람에게.

비록 오늘은 인사를 못한 그런 사연이 있을지라도
너를 향한 나의 발걸음을
멈추어서는 안된다.
오늘도 한걸음씩 너에게로 다가가고 있다.
아득하여 보이지도 않는 너에게.

해바라기 1

해바라기만한
희망으로
저 하늘을
바라볼 수 있다면
난
죽어도
참 좋겠다.

지난날의
슬픈 기억만 모아
희망을 쏘아 올리는 난장이처럼
세상사 번뇌함에
운명처럼 받아들이는
사람에 대한 기억.

빗방울 가장자리에서 같이 울던 사람은 갔다.
죽을 것 같은

소용돌이에 휩싸여
세상을 떠돌던 시절도 갔다.
정오를 알리는 휴대폰의 목소리,
책상 위의 서류들이 순서없이 너저분하게 흩어져 있어도
컴퓨터 화면이 몇 시간 째 그대로 있어도
무엇 하나에도 꼼짝하지 않는
무념한 시간.

지겨운 오후,
높이 오른 태양에 면도날을 그어
하늘을 온통 붉은 피로 물들이고
오늘을 떠나야하는 태양의 비명을 듣는다.

오늘도
해바라기는 하늘을 향하고
나는
그 아래

사람들이 몰려다니는
길을 걸으며

해바라기만한
희망을 찾는다.

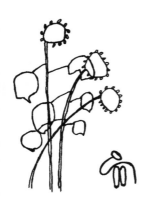

해바라기 2

1.
해바라기처럼
끝모를 설레임이 좋다.
벼락치는 절망조차
웃어넘기는
그럴 수밖에 없다는
체념에
기다리고
서서
기다리고.

목구멍의 가래조차
끌어 내뱉을 힘이 없더라도
기다리는 것이
내가
살아가야할 이유라면
기다려야 한다.

벼랑 끝도 좋다.
추락하는 비행기 안이라도 좋다.

매일 밤 비명지를 꿈이라도
너를 붙잡을 끈이라면
움켜쥐어야 한다.

2.
만날 것 같은 기다림에 목을 메던 나날.
지루함은 없었다.
억울함도 없었다.
그렇게 하려 한 것은 아니지만,

태양을 향하여 비틀며 올라가던 몸뚱이
폭우가 쏟아진 다음날
한나절 긴 햇살에
목이 부러졌다.
추스려지지도 않는
모가지를 늘이며
무엇을 그리 급히 쫓아 올라갔었는지,

흔들리는 가슴에
다가오는 사람들을 멀리하고
본능의 간절함에
억지부리다
여름밤의 부질없는 꿈처럼
무너졌다.

3.
검은 구름 가득하여
무거워진 하늘 아래에서
너를 향한
나의 발걸음은 정지되었다.
한쪽 볼이 찢어져라
몰아넣었던 웃음도
밤같이 답답한 한숨에 잃어버렸다.
질펀한 심장,
심장을 가로지르는 쿵덕거림도 사라지고
얼굴없는 해바라기 이파리 사이로 차가운 이름만 들락
거린다.

4.
이제
기다림의 세월을 사랑하여야 한다.
나보다 더한 슬픔으로
살아가는 사람이
어디엔가 있다는
최소한의 타협점에 서서
어떤 의미로든
너를 향하여
다가서고 있었다는
질곡에 감사하며
이제
해바라기 그늘 아래
꿈없는 잠자리를 청한다.
너를 향한 질주는 멈추었다.

그래, 가끔은 나도 그리운 사람이 되자.
그 누군가의 눈물에 출렁이는 그리움으로 남을 사람이 되자.
나의 이름 석자에 목매어
세상이 얼룩져 보이는 사람을 만나고 싶다.

아침마다 같은 향수를 맡아주게 해서 고맙고, 같은 잔에 같은 커피 향을 맛보게 해 주어서 고맙고, 나와 같은 컬러링 소리를 들을 수 있어서 고맙고, 점심 때면 내가 먹는 것을 주문하는 모습이 고맙고, 손님하고 있어도 내 전화를 먼저 챙겨줘서 고맙고, 퇴근할 때는 집에 들어가도록 인사를 나누어 주어서 고맙고,
너는 언제나 내가 생각하는 자리에 있어 주어서 고맙다.

이제 나는 한 남자로 돌아왔고
한 사람을 향한 그리움으로 남아주어서 고맙다.

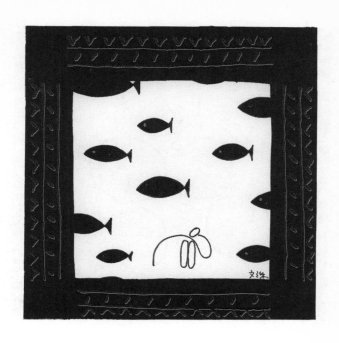

그리 슬픔을 예견하지 마라.

지금 생각하는만큼 그리 오랫도록 슬퍼하지는 않을 것이다. 며칠
이 지나면 다시 밥을 먹고 사람들과 대화를 나누고 쇼핑을 할 것
이다. 그리고 누군가의 전화를 기다릴 것이다.

이것이 우리네 인간에게 신이 준 '기억'과 '망각', 그리고 '시간'이라
는 선물이다.

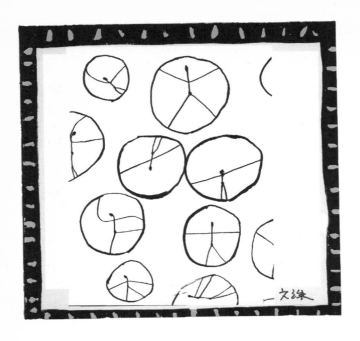

어느 영화가 재미 있으니 꼭 보라한다. 그 영화, 나와 같이 볼 수는
없었는지.

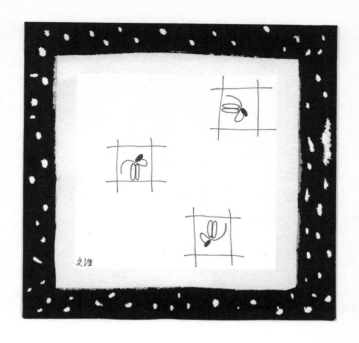

너를 향할 때 가장 넓은 가슴이 되어야 하는데 왜 그리 좁은 사람
으로 변하는지.

해바라기만한
희망으로
저 하늘을
바라볼 수 있다면
난
죽어도
참 좋겠다.

사람이 사람을 향한 사랑,
사람이 사람을 향한 그리움,
그 사람이 있어서 삶의 한 시절이 따스합니다.
고맙습니다.

03
가족

부모

나 죽어 하나님이 하나의 소원을 묻는다면,
내 주검 가벼운 몸뚱이 검게 태워서
어머니의 그림자로 남게하여 달라고.

나 먼저 죽어 하나님이 하나의 소원을 묻는다면,
내 주검 가벼운 몸뚱이 길게 늘리어
아버지의 남은 삶에 붙이어 달라고.

세상의 시작과 끝이 하나님으로부터 이루어지듯이
내 삶의 시작과 끝도 어머니와 아버지로부터
이루어지도록 허락하여 달라고.

죽은 자의 이름으로 돌아오는 어머니와
세월의 바람에 등이 떠밀리는 아버지의 사랑을
이제 나의 사랑으로 대신하여 달라고.

하나님이 만들어주신 인생의 강물을 따라

흐르고 흘러

저 강 너머 어데에선가 우리네 만나는 그 곳으로

인도하여 달라고.

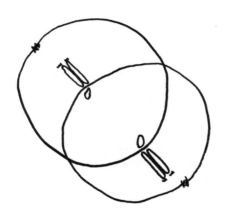

지난 세월 순간 순간을 모아 모아서

이제 저 강물에 띄어 달라고.

어머니

이 세상 가장 슬픈 이름,
엄마.

엄마는
마실 나가는 사람처럼
홑 옷 걸치고
나서서는
몇 겹 삼베를 둘둘 말고 돌아왔다.

1월의 겨울바람이 그리 추웠을까

아직도 어색한 사실.
집에 가면 그 자리에 있을거라는 막연한 믿음에...
잠시 집을 비웠다가 문을 열고 들어올 것 같은 믿음에...
엄마는 쇼파 끝 혼자 앉을 수 있는 자리에 두다리를 올려
놓고 쭈그려 앉아 있다.

방앗간 집 둘째 딸로 태어나
지지리도 못사는 집으로 시집와서 고생도 많았고 눈물
도 많았는데
자식을 키우며 속은 온전하였을까.
자식들 앞의 가시밭 길을 맨발로 걸어내며
먼저 아프고
먼저 괴로워하다
먼저 이 세상을 떠나면서
죽음에 대한 공포도 따스함으로 만들어 주었다.
엄마는,
속이 문드러지고 썩어서 한줌 바람에 날릴 정도의 재만
남아 있을 때
더 이상 자식들에게 줄것이 없을 때 사랑을 다하고 집으로
돌아간 것이다.

나와 같이 영원할 거라는 믿음은 하나님의 계획에 의하여
사라졌고

엄마가 흘린 눈물의 반만이라도
엄마를 향해 흘렸더라면 이런 후회도 없을텐데...
언젠가는 호강시켜 드린다는 말만 하다가
실없는 사람처럼 되고 말았다.

엄마가 없어도 이렇게 하루를 살아가고 있다는 것이
신기하다.
밥알을 삼키고 있는 내가 짐승같기도 했지만
애초부터 없었던 것처럼
살아가며 불편한 점을 못느낀다는 것이 엄마를 더 서럽게
만든다.
밥도 먹고 산책도 나가고 아이들과 바다에도 놀러가고
나의 일상은 어제와 같다.
가끔 아주 가끔은 엄마가 없다는 사실에
깜짝 놀라서 주위를 둘러보는데,
쇼파끝 혼자 앉을 수 있는 자리에는 내가 앉아있다.
엄마는
명찰 같은 묘비
뒤에 누워서
세상 이야기에 관심이 없다는 듯 말이 없다.

이제 엄마의 자리에 내가 서서
내 아이들에게 정갈한 모습을 보여야 한다.

엄마한테는 내가 원수같을지라도,
하늘의 법도가 어찌되었든,
나 죽어서도 엄마의 아들로 남았으면 좋겠다.

논둑 길을 따라 가다보면 그 끝에 조그마한 초등학교가
있고
정문 앞 문방구 툇마루에서 수박을 가르고 있는
엄마가 있다.

아버지

아버지, 간병인 좀 그만 괴롭히세요.
남들에게는 그러시지 않았잖아요.

기억나세요?
다른 사람의 신세는 살아서 갚아야 한다고
신세진 사람들을 찾아 돈을 나누고 인사를 하던 사람이
아버지여요.
자전거를 타고가다 차에 치였을 때도 괜찮다며 툴툴
털고 일어나서
몇 달을 고생했던 사람도 아버지여요.
아파트 주변의 빈땅을 찾아 고구마를 심어서
아는 사람들에게 조금씩이라도 나누어준 사람도 아버지
여요.
아버지는 마음이 약하여 남에게 모질게 하지 못하잖아요.

엄마가 돌아가시고 당신의 모든 것이 사라진 것도 알아요.
엄마없이 자라 이집저집의 신세를 지고 만난 사람이기에

아내요, 친구요, 세상사 길잡이 역할을 한 사람이 없음에
길을 잃었다는것.
그것이 엄마의 자리인데 누가 그 자리를 메울 수 있겠
어요.
간병인이 아무리 잘한다하여도 엄마를 대신할 수는
없어요.
욕을 하고 물건을 던지고 똥묻힌 속옷을 이리저리 던져
놓는
아버지 아닌 아버지의 행동에 간병인도 힘들어하고
있어요.
뇌경색으로 처음에 쓰러졌을 때도
곡괭이를 들고 밭으로 가셨던 강인함은 이제
치매라는 어둠의 터널에 갇혀 자신을 잃어가고 있어요.
점점 어린 아이와 같아지는 모습에 웃음도 나고 화도
나지만
이를 어쩌겠어요.
하나님이 만들어 놓은 인간의 운명인 것을.

기억나세요?

누나가 어렸을 때 병균 옮는다고 다른 사람들이 손도 못
대게 하셨던 거,

비오는 날 제가 남의집 못자리 논을 전부 망가뜨렸어도
꾸중 한 마디 하지 않았던 거,

막내의 대학 등록금을 마련하지 못하여 한숨으로 밤을
지샜던 거,

살을 가르는 찬바람이 몰려오는 굴다리 문방구에서 찬
밥을 먹으면서 자리를 지킨 것도 아버지여요.

세상의 칭찬보다는 자식을 위한 마음이 더하여

친구도 없고 술도 담배도 하지 않으며

자식에게 모든 것을 주셨잖아요.

무슨 바램이 있어서 그랬겠어요.

자식이기에

그냥 주신 거죠.

이제 등에 짊어진 짐들을 내려놓고

자식을 위한 삶을 산 것처럼 다른 사람들도 사랑하세요.

쓸 수 있는 시간은 그리 많이 남아 있지 않지만

사랑할 수 있는 시간은 남아 있어요.

아버지가 어떠하여도

내 아이는 나를 닮아가고

나는 아버지를 닮아가고

우리는 아버지와 아들로 지금의 모습은 훗날 나의 모습
이기에,

남들이 무어라 하건 전혀 부끄럽게 생각하지는 않아요.

아버지,

아내한테는 그만 돌아가서야 한다고 말하지만

아버지 우리 조금만 더 같이 살아요.

벽에다 똥을 칠해도 좋아요.

우리에게 욕을 하여도 좋아요.

반찬이 마음에 안든다고 집어 던져도 좋아요.

우리 조금만 더 같이 살아요.

아들아

아들아,
너는 내 인생의 기적이다.

너는 존재 그 자체로
나란 사람이 이 세상에 왔다가 갔음을 증거하는 흔적이며,
너는 존재 그 자체로
나를 감동시키는
그런
기적을 만드는 아이이다.

이 세상을 다 주어도 네 터럭 하나와도 바꿀 수 없으니
비록 네가 이 세상에 대하여 죽을 죄를 지었다 할지라도
나는 너의 편이 될 것이다.
아빠의 할아버지가 그랬고
아빠의 아버지가 그랬듯이
아빠의 삶 모든 것은 너를 향해 있다.

가끔씩 너에게 하는 말을 잔소리가 아닌

관심의 표현으로 받아주어서 고맙다.

아빠가 사고로 병원에 누워있을 때 똥을 받아주고 밤을

세운 것이 네 나이 아홉살 때의 일이다.

엄마가 네 동생을 임신하였을 때 겨울 날 먼길을 걸어

미역 냉국을 사온 것도 너이다.

지금도 피곤한 나의 다리를 주물러주는 사람도 아들이다.

너는 약하지만 나보다는 강하여 세상에 대하여 겸손하

고 아름다운 일을 많이 할 수 있는 사람이다.

그런 너를 소중히 여겨야 한다.

세상 속 톱니바퀴 속에서 건강하고

사람들로 인하여 힘들거나 눈물을 흘리지 않기를 바란다.

혹시 살다가 사는 것이 힘들거든 무리하지 말고 잠시 쉬

었다가 가거라,

혹시 살다가 사람이 힘들게 하거든 긍정과 부정의 표시

를 분명히 하여 서로를 편하게하여라.

공부를 못한다하여 기 죽거나 밤을 새지는 마라.

네가 그렇다하여 실망하지 않는다.
살다가 절실함이 생길 때 너의 정성을 쏟아라.
순간의 기쁨에 긴 고통을 얹지말고
기다려라. 너의 때가 오기를.

변명도 하지 마라. 비겁한 자의 모습이다.
거짓말도 하지 마라. 약한 자의 변명이다.
허풍도 떨지마라. 없는 자의 거짓말이다.
내가 너의 똥기저귀를 갈아주고
겨울밤 아픈 너를 업고 동네를 밤새 걸었다하여
무슨 권한으로 이리 말하는 것은 아니다.
또다른 내가 세상을 살아가며 눈물을 흘리거나 포기하
는 것을 피하기 위함이다.

우리의 인연은 지구의 역사에서 딱 한번 있는 인연이다.
그러기에 최선을 다하고 싶다.
아들로써 아빠로써 훗날 하나님 앞에 서서 당당할 수 있
도록.
이런 나의 욕심이 너를 힘들게 할지도 모른다.
칭찬보다는 위험한 앞날을 경고하는 횟수가 많다는 것

도 알고 있다.
내 삶의 성공보다는 실패에 대한 교훈을 알려주는 것이
괜한 걱정일 수도 있지만
아빠들은 다 그렇단다.

너도 나도 흐르는 시간 속에 있고 너는 나의 생명을 연장
시켜주는 힘으로 존재한다.
앞으로도 우리는 행복할 것이고
아빠가 할머니가 있는 세상으로 돌아갈 때 이 세상에서
가져갈 것은
용대, 지오, 시오에 대한 고마움과 사랑이 전부이다.

아들아,
나의 아들로
태어나줘서 고맙고,
살아줘서 고맙고,
기대 이상의 삶을 보여줘서 고맙다.
오늘도
나의 기도는 너를 향하여 있다.
네가 없는 곳에서는 기적도 없다.

아들아, 네가 세상을 바꿀만한 능력이 없다는 것을 알았다면
그 순간부터
네가 행복해지는 법을 찾아라.

천국에 가서 헌 옷 입고 왔다고 남들이 깔볼까봐 헌 옷 벗고 삼베로
새 옷을 입은 엄마,
그 옷마저 자식들이 해주었다고 자랑할테지...

내 나이 마흔이 넘었는데,
오늘도
하루만큼씩
어른이 되어간다.

슬픔은 가슴을 녹여 눈물을 만들고
그 가장 뜨거운 눈물은 자식을 바라보는
부모의 눈물이다.

그냥 바람 한 번 쏘인 것뿐인데
서른이 되고, 마흔이 되고, 쉰이 넘었다.
살다가
그냥 바람 한 번 쏘인 것뿐인데.

남자는 살아서 세 번을 운다 했는데
'엄마'라는 이름에서는 매번 울먹이고 있으니
그도 실없는 사람의 말이었나 보다.

엄마라는 이름 앞에서는
무엇이든지 작아진다.
세상의 권세와 명예가 아무리 높아도
그 아래에서 어리광을 부리는 존재일 뿐.

나보다 더 좋은 남자는 있을지라도,
나보다 더 좋은 아빠는 없다.
내가 입이 찢어져라 웃는 것도 짐승처럼 울음을 터트리는 것도
그리고 죽음에 이르는 병도
내 자식에게서 오나니
이것도 깊은 병인가보다.

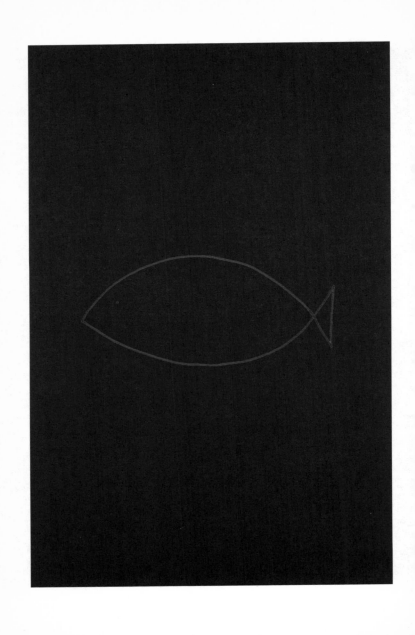

04

그저... 그리움2

879일

사람을 만나다 보면 "왜 이사람이 이렇게 살까?" 하는
마음보다는
"이렇게라도 살지 않으면 죽었거나 미쳤겠지." 하는 사람
도 있다.

가을에는 생각할 것도 많고 의심할 것도 많다.

"전화했어요?"
"아니."
"이상하네. 한국에서 전화할 사람은 문수 밖에 없는데."
"잘 있구나. 끊는다."

879일...

"우리 헤어지자."
"왜?"
"재미 없어졌어. 지루한 여행이었다.

닫아야할 문이었는데... 참, 지리하게 오래도록 열어두
었던 문이다."

"하~참. 지난 밤 꿈이 이런 경우를 말하는 거였군. 문수
가 나와서 뒤숭숭하였는데..."

"돗자리 깔아도 되겠다."

"그러고 싶어?"

"응."

"그럼 가끔씩 소식이라도 들으면 안될까? 내가 전화할
께."

"안돼."

"나 여기서 외로운거 알잖아. 친구처럼이라도 지내자."

"지쳤다. 이도저도 아닌 그런 사이에서 우리에게 무슨 기
대가 있겠냐. 나는 너의 보험이 아니다."

"미쳤어. 내가 문수의 보험이지 어찌 문수가 나의 보험이
야. 3년. 나는 3년을 기다렸다고.
겨우 1년도 못기다리고 무슨 놈의 사랑 타령이야!"

"......"

"다시 생각해 봐. 내가 이 땅에서 왜 고생을 하는지. 내가 이 땅에서 기댈 수 있는 사람이 누구인지.

그 정도 양심은 있는 것이 문수잖아. 내가 살면서 부탁하는거 봤어?"

"힘들어. 내 한계를 벗어난 것 같아. 너도 편해질 수 있는 길이다."

"무슨 개뿔 같은 소리. 내가 기다리라고 하면 기다리는 거야. 지금부터 한 발자국만 벗어나면 죽일거야."

"good bye."

875일...

"호주에 갔다 올께요."

"왜?"

"돈 벌어야죠."

"여기서 돈벌지."

"워킹홀리데이 비자를 사용할 수 있는 마지막 나이여요. 임금이 여기보다는 좋다기에."

"얼마나 있을려구?"

"1년. 비자가 일년 뿐이 유효하지 않아요."

"들어온지 얼마나 되었다고 또 나가냐?"

"미안해요. 이번에 나갔다 들어오면 꼼짝하지 않고 있을 께요.

우리 사진관에서 사진 찍어요. 문수는 턱시도 입고 나는 화장하고 드레스 입고."

"왜?"

"가져가게요. 가서 사람들에게 신랑이라고 말할께요."

"현실에 적응하며 사는게 편타. 쓰잘데 없는데 신경쓰지 마라."

"내일 가요."

"그냥 있던거 보여줘."

"싫다니까."

"호주에 가면 무슨 일을 할건데?"

"아직 정하지는 않았는데 농장 일자리도 많대요. 허락한 다면 알아볼 거여요."

"그래. 가라..."

"가서 돈벌면 딱 반년 있다가 초청할께요. 항공사 마일리 지를 사용하면 항공료는 덜 수 있어요."

"고맙네. 내가 해 줄 일은?"

"없어요. 단지 내가 돌아올 때까지 조용히 있어요."

"내가 무슨 짓을 한다구."

"믿지도 않지만 믿을 수 밖에 없는 것이 나여요. 기다릴
거죠?"

"왜?"

"예쁘니까."

"아직 돈 벌기는 힘들겠다."

"우리가 3년이 넘었다는거 명심해요.
대전은 내 바닦이니 움직이면 금방 소식 들어온다는 건
알죠?"

"서양 남자가 턱시도 입은거 볼지도 모르겠다. 영양가 있
는 놈 만나라."

"미안해요. 참 이상해. 나는 문수만 만나면 왜 미안하다
는 말만 하는건지."

"죄가 많아서 그래."

"위로 좀 하고 살아요."

799일...

"이제 보성에는 오지 않아도 될 것 같아요."

754일...

"보성에 좀 같이 가요."

"그래."

"문수는 거기 싫어하면서 어찌 답이 그리 쉽게 나와?"

"늙나보지."

"왜 가냐고 묻지도 않아요?"

"너는 힘들며는 거기를 가잖아. 과거의 영화로움이 숨쉬는 망령이 깃든 곳."

"그 사람 때문에 가는 것은 아녀요. 정말 거기가 좋아서 가는거지.

남자 때문에 간다면 왜 문수랑 가자고 하겠어요. 그놈의 사진을 예전에 없앴어야 하는건데..."

"나는 단 한번도 그 사람에 대하여 말한적 없다. 묻지도 않았고."

"그래서 더 화가 난다면?"

"네 사생활인데 왜 물어."

"벤댕이 소갈딱지만한 넓지도 않은 속에 왜 그 부분만 넓은 척 하는 거야? 나의 사생활에도 신경 좀 써요.

저번에 사진 여행 갈 때도 친구들이 궁금해 했어요. 어찌 남자들하고 가는 여행을 쉽게 보내는지."
"너를 믿으니까. 네 더러운 성격에 어느 남자가 여자
로 본다냐. 더군다나 네 친구들은 내가 다 알
고 있잖아.
너는 나의 믿음이야."
"내가 떠난다면 정말로 떠난다면 생각
도 없이 잘 가라고 손 흔들어 줄 사람이란 걸
알지만
이게 무슨 일인지 생각은 해 가면서 살아요."
"붙잡으면 뭐가 틀려지는데?"
"내가 안 갈 수도 있잖아요."
"예전에는 나를 사랑하는 사람과 평생을 산다는 작고 소
박하고 가난한 꿈이 있었는데 살다보니
그것은 가장 큰 부자의 꿈이었어."
"보성이나 가요."

753일...

"이 노래를 들으면 신원사 가는 길이 생각나요."

"소리 키울까?"

"신원사 처음 갈 때 들었던 노래에요."

"그랬구나."

"같이 들었는데..."

"그랬구나."

"정리가 안되니? 뭐든 애매하면 그랬구나로 통일해."

"노래 듣자."

"그 이북 할머니집 만두도 좋았고 백숙도 좋았는데."

"갈래?"

"아냐 오늘은 대흥동 칼국수 먹을래. 얼큰하게."

"술도 못 마시면서 왠 속풀이?"

"팔자가 얼큰하잖아."

"원하는 거 다하며 사는데 뭘 그래."

"결국 원하는 것은 못하잖아."

"아직 정성이 부족한가부다. 하늘이 감동을 못했나봐. 도와줄게."

"가만 있는게 도와주는 거야."

"또 내가 문제군. 알았어. 눈 감고 있을께."

"나한테 하고 싶은 말 없어요. 할 때가 넘었잖아?"

"없어."

"건성이라도 한 번씩 해봐. 감동 좀 먹게."

"행동. 결과만 믿어."

"말도 필요한거야."

"다 헛된 짓여. 배신의 꼬리를 물고 다니는 헛바닥한테 무얼 기대해?"

"그래도 여자한테는 기다릴 수 있는 약이 될 수 있어."

"기다리지 말라는 게 내 철칙여."

"쌓았던 정도 쏙 뽑아가는 재주가 있어. 문수는."

"내 주 종목이잖아."

"맞아. 와이퍼나 돌리면서 운전해요. 아무것도 안보이잖아."

698일...

"연구소 사람하고 선봤다며?"
"소식 빠르군."
"그래 사귈만해?"
"차였어요."
"우째?"
"내 하는 행실이 그렇지 뭐."
"그래두 선이랑 소개팅하구는 의미가 틀린데 왜 조신하지 않구."
"밥 맛이야."
"나가서 살려구 그랬다며?"
"그랬지. 한국에서 결혼하구 곧 나갈 사람이라구 해서 소개 받았으니까.
그런데 도저히 못하겠더라구. 만나면 부담이 팍팍 밀려오는데 숨이 턱 밑에서 오도가도 못하는거야.
그래서 그 남자에게 솔직하게 말하구 끝냈어."

"말했잖아. 목표는 달성하구 그 다음일은 다음에 생각하라구."

"그거야 문수같은 인간이나 가능하지. 문수는 하고도 남았을거야.

우리 처음 만났을 때 거래처 사람하고 무슨 짓을 하라고 한지는 기억하고 있지?

하도 어이가 없어서 미친 사람이려니 했는데 나중에 보니 이 인간이 그게 정상이더라구."

"너처럼 살면 나중에 후회하거든. 아직 고생 덜 했나부다. 그 남자가 다시 만나자고 한다던데, 그만 튕기고 가지 그러냐? 내가 문짝 두개 달린 냉장고 사줄께."

"나는 문수가 아녀. 아직 인간여."

"혜영이가 너 메신저에서 도망다닌다구 섭던데. 네가 피할 이유는 없잖아"

"내가 피한 것이 아니구 혜영이가 소원대로 한의사랑 결혼하고부터 관리중인 걸로 알고 있는데."

"그년두 웃겨야. 나한테 보약해 준다더니 이젠 돈내고 사먹으란다. 병원가서 우리 전부 떠들고 다닐까?"

"그러지마. 그럴 사람이라 내가 말리는거야. 첫날밤 울은 애야."

"세상에 독하다 독하다하여도 어찌 그럴 수가 있다냐. 남자가 불쌍해."

"남자도 같이 울었대."

"그러니 더 불쌍하지. 그런데 그 년은 그게 무슨 자랑이라고 떠들었는지. 대전에서 살거라 생각 못했나봐."

"맞아. 원래는 강원도에서 살거라 그랬으니까."

"그봐. 갸도 그렇게 해서 결국 자기가 원하는 대로 되었는데 너는 왜 못하냐? 못할게 뭐 있다구."

"듣기 싫어. 나가 살지도 못할거 여행이라도 갈테니 차비 좀 보태줘."

"그 남자 아직 기다리고 있단다."

601일...

"아버지에요. 인사해요."

"여기 오자고 그리도 산을 빙빙 돌았냐?"

"비석도 없이 다 무너져가는 묘지지만 여기 울 아빠 있어요. 인사해요. 나를 따라해요."

"너무 심한거 아녀?"

"아버지 산소에 온 남자는 문수가 두번째에요."

"나는 세 번째를 좋아하는데.

첫 번째는 부담이고 두 번째는 남에게 양보하고 싶고 세 번째가 부담이 없어."

"그럼 헤어졌다가 다시 만나면 둘째 남자 셋째 남자 되겠네..."

"우리는 헤어졌다가 다시 만날거야. 믿어봐."

"악담도 느는군."

"악담이 아니라 필연이다."

"준비할게요. 차이기 전에 남자를 많이 만들어 놓아야겠네."

"지금 있는 놈 중에서 골라도 충분해."

"골라주세요."

"잘 닦고 길들이면 빛나는 인간된다."

"아버지 앞에서 이게 무슨 짓이람."

439일...

"문수가 보낸 메일은 모두 보관하고 있어요. 처음부터 전부."

"다른 사람하고 섞이지 않게 잘 보관해라. 잘못하면 실수

한다."

"문수 밖에 없는데…"

"야가 나가 돌아다니더니 거짓말도 국제화 되었네."

"보이는 대로, 남이 말하는 대로 믿어보지 그래?"

"그럴만한 사람 나타나면."

"나는 어째서? 나도 이제 한 곳에 쉬고 싶어. 저번에 준 일기장은 읽어봤어? 읽지도 않았지?"

"읽었는데 감동이 안느껴져. 믿기지도 않고. 너는 항시 럭비공처럼 움직이잖아. 계획도 미래도 없다."

"문수가 잡아주면 안돼?"

"나 추스리기도 바빠. 너의 움직임에 나를 맡기기 싫다. 너는 욕심이 너무 많아.

그리고 그 때문에 모두 잃을거야."

"문수는 사람이 어떻게 무너지는지 관찰하는 게 취미야?"

"무너지는 것을 보는 것이 아니라 사람의 선택과 그 결과 를 보는게 재미있잖아."

"그러고도 잠이 와?"

"내가 잠 못자는 것은 정신과 의사가 안다."

"그래서 수면제 통을 들고 다니지?"

"너도 먹잖아."

"의사한테 부탁해서 가장 짧고 고통없이 죽는 약 좀 달라고 해."

"목욕물 받아놓고 동맥 끊는 게 제일이다. 졸린듯 간다더라.

칼은 문방구에서 파는 하얀칼이 좋다. 사주랴?"

"아하, 문수 지갑에 있는 칼?"

"저번에 공항 검색대에서 빼앗겼다. 예전에는 무사통과였는데 검색 기계가 진화되었나봐."

"칼 두 개 사."

411일...

"오늘 어때요? 단발로 잘랐어."

345일...

"문수는 어떤 모습의 여자를 좋아해요?"

"짧은 단발을 끈 하나로 질끈 묶은 여자."

"왜?"

"깔끔하잖아."

"문수는 냄새에 민감하잖아. 향수는?"

"후리지아향 비누 냄새."

"그런 비누가 있나?"

"내 사무실에서 쓰는게 그거야.."

"그런 여자를 좋아해 본 적이 있나?"

"만나보기는 하였지."

"그래서?"

"참 착한 아이였는데 남자 잘못 만나서 알콜 중독 되었다."

"그놈이 당신여?"

"내가 누구 등이나 치고 사는줄 아냐?"

"알콜중독은 시키잖아."

"우야튼 그 애가 어느날 내 차에 타서 자기 소지품을 몽당 쏟은 적이 있었는데,

그 때 머리 묶는 끈이 차 구석에 떨어졌었고 나는 그것을 주워서 한참을 내 서랍에 넣어 놓고 냄새를 맡은 적이 있다."

"변태 아냐?"

"그런가... 우야튼 그 애의 이미지와 딱 떨어지는 향이었는데, 나중에 향이 없어질 무렵에 안타까움이 들어 그 향

의 정체를 알아보니 후리지아라더라."

"그게 전부여?"

"뭐 별일이야 있었겠냐. 애인이 있었던 사람인데."

"아~ 그 여자다. 진희. 예전에 문수 전화 끊겼을 때 오정동 사무실 여직원 붙잡고 문수 찾으며 울었다는 여자. 맞지?"

"잊지 그랬냐."

"그래서 그 때 내가 그 일식집에 찾아갔었잖아. 어떤 년인가하구."

"너보다 백배는 착했는데."

"눈물나네."

341일...

"많이 아팠어요? 그럴줄 알았어요. 왜 그리 사는지. 살았으니 다행이네요."

"살으니까 이리 반가운 사람도 다시 만나구. 좋다."

"살아서 다행이라했지 좋다구는 안했어요. 죽기를 바란 사람도 있었다구요."

"아프다. 장애인 됐어. 알아? 국가공인 6급 장애인.

앞으로 나라에서 관리해준다는 뜻이다."

"좋겠수. 관리자가 또 하나 늘었군. 음주 운전자도 나라
에서 관리하나?"

"도안동 다리 기둥 내가 세워준 거야. 내 차가 밀어서 밑
으로 떨어졌거든."

"공덕비 세워 줘야겠군."

"나 사고 났을 때 왜 선물 사서 안왔냐. 살았다는 소식이
들렸으면 어여 와야지."

"그 때 나가 있었어요. 메신저로 소식 들었어요."

"혜영이가 꽃보냈는데 아까워. 돈으로 줄 것이지. 너는
뭐하고 지냈냐?"

"소식이 갑자기 끊기고 찾아도 없기에 죽은 줄 알았어요.
저는 잘 지냈어요.

여기 선물. 담배 케이스. 물 건너 온 거에요."

"담배를 무슨 폼으로 피냐. 이런게 필요하게. 짝퉁 표시
난다. 돌아다니느라 일도 못했겠다."

"웹디는 안하고 턴키 일을 가끔씩 해요. 단가가 조금 세
서 할만해요. 몰아쳐서 하느라 힘은 들지만."

"턴키? 이상한 일도 있군."

"요즘도 문수교 사람들 만나고 있어요?"

"죽었다 살아나니 모두 해체되었다. 모두 잘 살테지."

295일…

"도망갈 줄 알았는데 계속 있네."

"도망갈 틈이나 있었냐?"

"고마워, 문수."

"아무리 그래도 여자가 병을 들고 싸우는 게 어디있냐?"

"짜식이 사람 성질 박박 긁잖아. 옆에서 보고서도 몰라!"

"모르겠다. 무슨 사연이 그렇게 많아서 원수가 되었는지."

"힘도 없는 사람이 왜 끼어들어. 그러다 다칠려구."

"남자가 도망가면 창피하잖아."

"싸움은 내가 할테니 가만히 좀 있어. 싸움나면 도망간다며?"

"네가 보호해 준다고도 했잖아."

"다치지마. 보기싫어. 이것두 남자라구."

"피도 봤으니 힘나는 거라도 먹자."

"닭도리탕 잘하는 곳 있는데 그리 가요."

105일...

"이상형이 누구에요?"

"이상형?"

"좋아하는 여자 탤런트나 배우요. 아님 누구라도 내가 알
수 있는 사람으로."

"내가 좋아하는 사람이 이상형이야."

"……"

71일...

"백화점 사람들이 나 미친년인줄 알았을거야. 이 머리를
하고 위아래로 뛰어 다녔으니."

"숨바꼭질 게임을 한 것은 너잖아."

"사람이 안보인다고 주차장으로 휑하니 가는 사람이 어
딨어?"

"그럼 그 넓은데서 멀쩡히 서 있냐?"

"당연히 기다리고 있어야지."

"울지마."

"왜 내가 앞에 있는데도 다른 곳을 쳐다보고 있어요? 사
슴같지도 않은 사람이."

"너를 보고 있어."

"아니, 틈만 나면 정신 나간 사람처럼 다른 곳을 멍하니
보고 있어요. 아무것도 없는 허공을.

 사람이 있으면 그 사람을 보는 예의 좀 갖춰요. 혜영이
에게 이야기 들었어요. 왜 그러는지."

"혜영이 말을 믿니?"

"믿건 안 믿건 잠시 틈이 나는 시간에도 나를 보세요. 기
분 나쁘니까."

"참 예쁘네요."

"네?"

"레게 머리하고 옷이 참 잘 어울려요. 대전에서 그렇게
하고 다니면 주위 시선이 꽂힐텐데."

"이 머리 덕분에 회사에서도 반은 쫓겨났어요. 사장이 집

에서 일하래요."

"색동만 풀러도 덜 요란스레 보일건대."

"이 머리하는데 하루 꼬박 걸렸어요. 풀지 않을거에요."

"아무리 예뻐도 세상 살기 힘들겠어."

"혜영 말로는 사장님도 별반 차이없다 들었는데요."

"혜영이가 힘들게 일하나보네. 담배가 떨어졌나..."

"여직원에게 담배 사 주며 일 시키는 사장도 있어요?"

"집에서는 못 피우니 사무실에서나 열심 피우라는 배려죠."

1일...

이래도 내가 너에게 무관심했다고 말할 수 있냐?

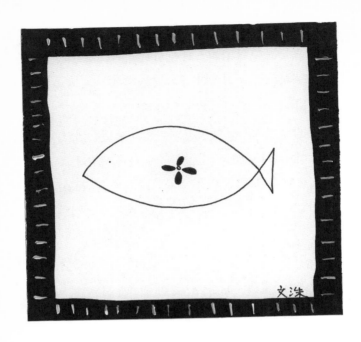

우리는 왜 격렬하게 사랑하지 못하였는가. 소풍 나와 만난 사람들처럼 물끄러미 서로를 쳐다보다 약속도 없이 사라진다. 우리에게 내일은 없었다. 언제나 우연히 만난 듯 만나서 어제 헤어진 듯 다정함을 표시하고, 어제와 같은 식사를 하고 어제와 같은 장소에서 커피를 마시고 어제와 같은 이야기를 반복하고 어제와 같은 인사로 헤어진다. 우리는 서로에게 너무 친절했다. 어쩌면 나쁜 남자 나쁜 여자였어야 했다. 그럼 우리의 헤어짐도 그리 덤덤하지는 않았을 것이다.

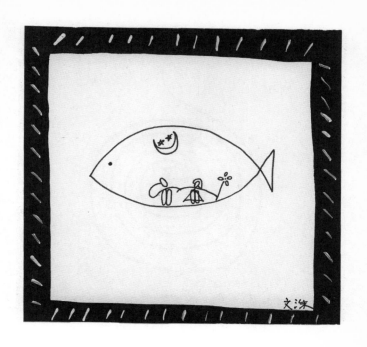

이 사람 떠나간다고 상념치 마라.
이것이 마지막이라고 울지 마라.
그 시절 다시 온다.
또 다시
울고 상념하는
그 시절 다시 온다.
그때 너의 간사함에 슬퍼마라.
그것이 사람의 운명이다.

나는 가끔 누군가를 향한다.
나는 가끔 누군가를 향하여 손짓을 한다.
나는 가끔 누군가를 향하여 말하곤 한다.

그런 나에게 가끔 누군가 다가와
속삭인다.
간지럽다.
이런저런 이야기에 술잔이 비어가는 줄도 모르게 수다를 떨다가
'잘가라'고 인사를 하고 헤어진다.

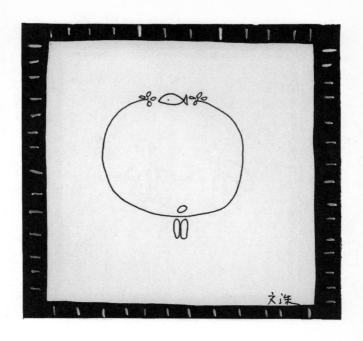

우리는 운이 없어서 헤어졌을 뿐
사랑하였던 것, 맞습니다.

당신이 악마였다 할지라도 사랑할 수 있어서 행복했습니다.
당신이 악마였다 할지라도 그리워할 수 있어서 행복했습니다.
천당과 지옥은 당신이 만들어 주신 세상.
당신이 없는 곳이 지옥입니다.

그 사람을 향한 일이 아니라면 손가락 하나 까닥이기 귀찮은
나는 깊은 병에 걸렸다.
지금 내가 무엇을 하고 있고 무엇을 해야 되는지도 모른다.
나는 미쳤다. 사람에게 미쳐있고 그 사람의 말 한마디
행동 하나에 천당과 지옥을 넘나든다.
눈꺼풀 하나 들 힘조차 모두 가져간 사람이다.
숨 하나하나 너의 호흡에 맞추어져 있다.

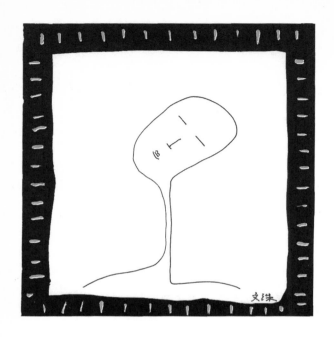

나를 만지지 마라. 눈물 떨어진다.